好久不見，你好嗎？

圖·文 / 迪嘉

好ㄏㄠˇ漂ㄆㄧㄠˋ亮ㄌㄧㄤˋ啊ㄚ！ 第ㄉㄧˋ一ㄧ次ㄘˋ見ㄐㄧㄢˋ面ㄇㄧㄢˋ， 你ㄋㄧˇ好ㄏㄠˇ嗎ㄇㄚ？

爸爸、媽媽和我，還有你在一起，
是我最快樂的一天。

好想再見到你，
大象叔叔可以飛高一點嗎？

……可是當我飛到天上，
你總是躲起來。

我坐火箭去找你，

才發現天空已被密密
麻麻的大廈佔據了，
升空計劃也要取消。

像有很多個你，但沒有一個是你。

放學後一直在等你，
直到我的影子也長高了。

抬頭一望，天空上巨大的飛鳥飛過，
是它把你嚇走了嗎？

前路像迷宮， 迷失、 徬徨，
拿起了耳機，

你ㄋ一ˇ就ㄐ一ㄡˋ像ㄒ一ㄤˋ變ㄅ一ㄢˋ成ㄔㄥˊ了ㄌㄜˊ歌ㄍㄜ曲ㄑㄩ，
在ㄗㄞˋ我ㄨㄛˇ身ㄕㄣ邊ㄅ一ㄢ為ㄨㄟˋ我ㄨㄛˇ打ㄉㄚˇ氣ㄑ一ˋ。

每天下班時太陽已
睡著了，霓虹的璀璨
也比不上你。

寒冷夜裡，遇上了他，
牽著我的手。

這段忙碌的日子裡，
很久沒有抬頭望天空。

「媽媽， 這是送給你的！」

「小寶貝， 謝謝你。 這是媽媽一直
　　最想見到的。」

「媽媽， 那麼我們約定一起去找！
　　一定會見到的。」

「好吧！ 小寶貝。」

應該舉頭追尋天空的虛無，
還是低頭緊握這刻的實在？

她要到更遠的地方， 緊緊地擁抱著，
眼淚和鼻水都跑出來
說再見， 我們的約定
也飛走了。

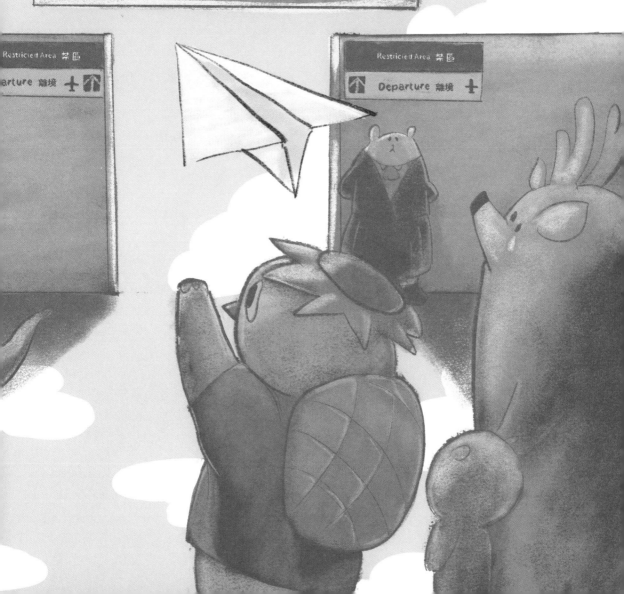

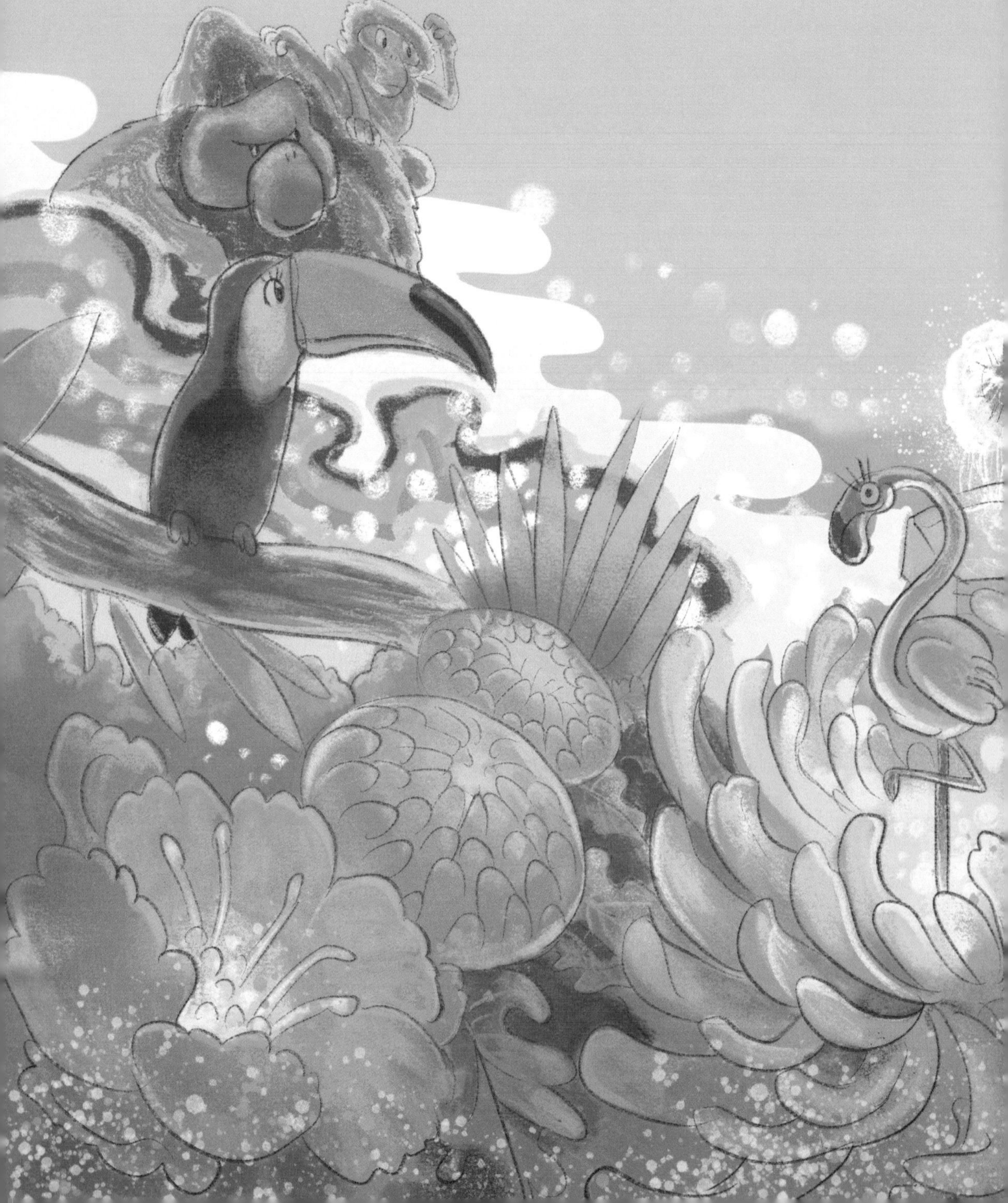

「來ㄌㄞˊ吧ㄅㄚ！ 讓ㄖㄤˋ我ㄨㄛˇ牽ㄑㄧㄢ著ㄓㄜ你ㄋㄧˇ一ㄧˋ起ㄑㄧˇ繼ㄐㄧˋ續ㄒㄩˋ走ㄗㄡˇ吧ㄅㄚ！ 」

叮ㄉㄥ！叮ㄉㄥ！叮ㄉㄥ！

大ㄉㄚ家ㄐㄧㄚ都ㄉㄡ下ㄒㄧㄚ車ㄔㄜ了ㄌㄜ，只ㄓ剩ㄕㄥ下ㄒㄧㄚ我ㄨㄛ一ㄧ人ㄖㄣ，
不ㄅㄨ知ㄓ道ㄉㄠ在ㄗㄞ哪ㄋㄚ一ㄧ站ㄓㄢ會ㄏㄨㄟ重ㄔㄨㄥ遇ㄩ你ㄋㄧ？

女兒回來了，她陪我看戲，
但視線模糊了，眼前的白霧
愈來愈厚，看不清楚舞台，
更看不見你。

繁星閃閃， 腦海閃過曾經掛念著的東西， 但又想不起。

JUMBO

「媽媽！你看！我終於陪著你看見了！」

她ㄊㄚ帶ㄉㄞˋ我ㄨㄛˇ到ㄉㄠˋ海ㄏㄞˇ邊ㄅㄧㄢ，
就ㄐㄧㄡˋ像ㄒㄧㄤˋ第ㄉㄧˋ一ㄧ天ㄊㄧㄢ相ㄒㄧㄤ識ㄕˋ，
終ㄓㄨㄥ於ㄩˊ可ㄎㄜˇ以ㄧˇ和ㄏㄜˊ你ㄋㄧˇ說ㄕㄨㄛ一ㄧ句ㄐㄩˋ：

好久不見，你好嗎？
我們又在一起了。

作者簡介

廸 嘉（Tik Ka）

土生土長的香港藝術家，熱愛香港文化，從小喜歡繪畫，小時候到過虎豹別墅的萬金油花園，從此對東西融合文化著迷，可惜後來拆卸了。長大後以繪畫為基礎，創作赤子、Tik Ka from East等系列融合東方風格與歐美流行文化的作品，曾在香港、台北、巴黎、紐約、倫敦、米蘭、新加坡、多倫多等地舉辦個人作品展，作品Hambuddha、Santa Guan 等等為人熟悉，同時在不同領域、媒體與不同商業品牌進行藝術項目，這次他將對香港的情感投入在這繪本之中。

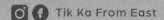 Tik Ka From East

推薦導讀

眾裡尋「你」千百度

潘源良 填詞人、電影編劇及導演

藝術手法有所謂「留白」。
廸嘉最新的繪本《好久不見，你好嗎？》可謂深得留白的箇中三昧。
這個「你」是誰？甚或是人是地是時空？都可一一由讀者憑著畫中細節與個人私感受自行
填寫；也因此讓書中每一頁每一句，都生成了澎湃如夢的力量⋯⋯

人性與可愛的完美結合

森美 資深傳媒人

在這個世代，所有的事情都可以用AI完成，從作曲到畫畫，再到拍片，無所不能。我想，畫圖也
已經不再是什麼困難的事。所以，如果在這個高科技時代還有人堅持用人手創作插畫，那種
藝術性的表現就變得非常珍貴和突出了。

此時此刻，我們應該努力維護人類創作的最後一片樂土。在這個充滿高科技的世界中，我們
仍需享受高感觸（high touch）的美感。在《好久不見，你好嗎？》這本全新繪本中，透過香港
藝術家廸嘉的畫作，我們能深切地感受到人性與可愛的完美結合，這是一種最有機、最具質感
的藝術創作。

廸嘉的畫風充滿香港獨特的都市氣息與人情味，無論是細膩的線條，還是豐富的色彩，都展
現了他對生活的細膩觀察和深刻理解。他的作品像是一部時光機，帶著我們穿越繁華的香港
街頭，感受那一份熟悉而溫暖的氣息。

這本書無疑將會帶給讀者最真實、最溫暖的視覺和心靈觸動。在繁忙的生活中，它為我們提供
了一個靜心凝視、感受生活美好的機會。廸嘉的創作無疑是高科技時代中最珍貴的藝術瑰寶，
值得我們細細品味。

好久不見，你好嗎？

作者、繪者｜廸嘉(Tik Ka)
責 任 編 輯｜吳凱霖
執 行 編 輯｜謝傲霜
編　　　輯｜陸悅
封面設計及排版｜Jo
出　　　版｜希望學／希望製造有限公司
印 製 發 行｜秀威資訊科技股份有限公司
總 經 銷｜聯合發行

希望學

社　　　長｜吳凱霖
總 編 輯｜謝傲霜
地　　　址｜臺北市大同區民生西路 404 號 2 樓
電　　　話｜02-2546 5557
電 子 信 箱｜hopology@hopelab.co
Facebook｜www.facebook.com/hopology.hk
Instagram｜@hopology.hk

出 版 日 期｜2024 年 7 月
版　　　次｜第一版
定　　　價｜400 新台幣
I　S　B　N｜978-626-98257-5-2　（精裝）

國家圖書館出版品預行編目 (CIP) 資料

好久不見 , 你好嗎 ?/ 廸嘉圖 . 文 . -- 第一版 . -- 臺北市：希望學 , 希望製造有限公司 ,
2024.07　面；　公分 國語注音 ISBN 978-626-98257-5-2(精裝)

859.9　　　　　　　　　113009471